Raimund Eich

De liewe Gott im Saarland

AF219109

Raimund Eich, Jahrgang 1950, lebt im Saarland.

Neben zwei Tatsachenromanen sowie einigen Büchern mit heiteren und besinnlichen Gedichten und Geschichten hat er einige Werke veröffentlicht, in denen er sich insbesondere mit gesellschaftlichen und geisteswissenschaftlichen Themen befasst. Hierin lässt er auch naturwissenschaftliche und technische Aspekte in sehr anschaulicher Form mit einfließen. Daraus resultieren einzigartige Bücher, spannend, dramatisch, informativ und unterhaltsam zugleich.

Raimund Eich

De liewe Gott im Saarland

eine heitere Geschichte mit Mundartdialogen

Impressum:

Bibliografische Information der Deutschen Nationalbibliothek:
Die Deutsche Nationalbibliothek verzeichnet diese Publikation in der Deutschen Nationalbibliografie; detaillierte bibliografische Daten sind im Internet über http://dnb.dnb.de abrufbar.

© 2020 Raimund Eich
Foto Einband: Stefan Kraft

Herstellung und Verlag: BoD – Books on Demand, Norderstedt

ISBN: 978-3-7528-5850-1

Inhaltsverzeichnis

VORWORT

Leben wie Gott in Frankreich, über die Herkunft dieses geflügelten Ausdrucks streiten sich bekanntlich die Geister. So ist unter anderem zu lesen, dass er aus der Zeit der Französischen Revolution stammen könnte, als man glaubte, den lieben Gott entbehren zu können. Er wurde damals, zumindest bildlich gesprochen, in Rente geschickt, um fortan ein schönes und sorgenfreies Leben in Frankreich führen zu können.

Wie auch immer, *warum denn in Frankreich,* habe ich mich gefragt, und *könnte er es sich nicht auch im Saarland gut gehen lassen?* Ich bin mir dessen völlig sicher, zumal man uns Saarländer historisch bedingt „im Reich" ohnehin bis auf den heutigen Tage zuweilen noch heute gerne als Saarfranzosen tituliert, was allerdings eher nicht als Kompliment aufzufassen ist.

Umso wichtiger erscheint es mir als Autor, unseren Schöpfer auch mit dem kleinsten und schönsten Bundesland der Welt in Verbindung zu bringen, ein zweites Mal übrigens nach „Es geschah am achten Tag", einer heiteren, illustrierten Geschichte im Zusammenhang mit der Erschaffung der Welt. Werfen Sie diesbezüglich doch einfach mal einen Blick in den Anhang, falls es sie interessieren sollte.

Im vorliegenden Buch habe ich mich allerdings ausschließlich auf das Schreiben konzentriert, zumal mir das erheblich leichter fällt als das Zeichnen. Lassen Sie sich einfach davon überraschen, was mir dabei so alles in den Sinn, und zuweilen wohl auch in den Unsinn gekommen ist, der mich beim Schreiben hin und wieder übermannt. Es ist jedenfalls reine Fantasie, die ich als überwiegend heitere Geschichte mit spirituellem Hintergrund charakterisieren möchte. Mit dieser Thematik habe ich mich in einigen meiner Bücher aber auch sehr ernsthaft beschäftigt. Ich finde allerdings, dass selbst einem derartigen Thema eine Portion Humor gut steht, was nach meiner festen Überzeugung auch für den lieben Gott selbst gilt, dem wir letztlich unseren Humor verdanken.

Die saarländische Mundart wollte ich in dieser Geschichte ebenfalls zu Wort kommen lassen, wie der Buchtitel bereits vermuten lässt. Allerdings finde ich es selbst sehr anstrengend, längere Texte ausschließlich in Mundart zu lesen, sodass ich mich diesbezüglich bewusst auf Dialoge in Mundart beschränkt habe, sozusagen als Salz in der Suppe.

Motiviert zum Schreiben dieser Geschichte hat mich zudem eine kleine Auszeichnung im Rahmen des Saarländischen Mundartpreises 2019, die ich durchaus als Verpflichtung erachte, der Mundart auch in einem meiner Werke einen gebührenden Platz zukommen zu lassen.

Doch genug der Vorrede, ich wünsche Ihnen viel Vergnügen *met em liewe Gott im Saarland*.

Raimund Eich

MAMA ELISA

Irgendwann im Saarland. Elisabeth, die Küsterin von St. Marien in Neunkirchen ist heute schon gut eine Stunde früher als sonst mit Waldi unterwegs. Der betagte Rauhaardackel heißt genau genommen eigentlich Waldemar, hat aber nie so richtig auf diesen Namen reagiert, bis sie ihn vor Jahren kurzentschlossen nur noch Waldi rief, was ihm offensichtlich viel besser gefällt. Waldi trottet allerdings zu der für ihn ungewohnten Zeit eher lustlos hinter ihr her. Eine Schnüffelrunde durch den Stadtpark genügt ihm mittlerweile vollkommen, während sie früher oft stundenlang mit ihm unterwegs war. Doch heute hätte sie ohnehin nicht länger Zeit für ihn, denn hoher Besuch hat sich in der Marienkirche angesagt. Sehr hoher sogar, denn der neue Bischof wird im Rahmen seiner Antrittsreise durch das Bistum Trier als erste Station die Kirche St. Marien in Neunkirchen besuchen, ihre Kirche, in der sie schon seit ein paar Jahrzehnten tätig ist.

Eine große Ehre für die Pfarrgemeinde St. Marien, zumal Bischof Gregor dort sogar eine Messe zelebrieren will. Das hat natürlich einen besonderen Hintergrund, von dem nur die Wenigsten wissen, denn der Bischof ist Mama Elisas Sohn, ihr Pflegesohn, um genau zu sein. Sie hat ihn vor langer Zeit in ihrer Familie aufgenommen, als er gerade mal fünf Jahre alt war. Doch woher der Name Mama Elisa, werden Sie sich jetzt vielleicht fragen. Ich will es Ihnen verraten.

Gregors Eltern Olga und Boris waren irgendwann aus Weißrussland ins Saarland gekommen, wo Boris Arbeit im Neunkircher Eisenwerk fand, während Olga eine Halbtagsstelle als Haushaltshilfe im Pfarrhaus St. Marien annahm. So lernten sich die fast gleichaltrigen jungen Frauen damals kennen und schlossen schon bald Freundschaft miteinander, unternahmen gemeinsame Ausflüge und gingen am Wochenende auch mit ihren Männern zusammen aus.

Elisabeth und Olga wurden zudem fast zur gleichen Zeit schwanger, und beide brachten im Abstand von ein paar Wochen jeweils einen Jungen zur Welt, Olga ihren Gregor, und Elisabeth ihren Martin. Und beide Frauen übernahmen jeweils für das Kind der anderen die Patenschaft.

Martin und Gregor wuchsen fast wie Geschwister miteinander auf und gingen auch zusammen in den Kindergarten. Doch das gemeinsame Glück der beiden Familien sollte nur von kurzer Dauer sein und nahm ein schreckliches

Ende, als Boris und Olga bei einem schweren Verkehrsunfall ums Leben kamen. Gregor und Martin waren zu dieser Zeit im Kindergarten.

Elisabeth und ihr Mann zögerten damals keine Sekunde, Gregor als Pflegekind in ihre Familie aufzunehmen. Da seine Eltern sonst keine Verwandten in ihrer neuen Heimat hatten, stimmte das Jugendamt dem auch sofort zu, da der Junge ansonsten in einem Kinderheim hätte untergebracht werden müssen.

Gregor war ein sehr dankbares Kind, das die Liebe, die ihm seine Pflegeeltern schenkten, schon nach einer relativ kurzen Zeit der Trauer anzunehmen und zu erwidern vermochte. Insbesondere zu Elisabeth entwickelte er eine besonders innige Beziehung und fragte sie eines Tages, ob er sie Mama Elisa nennen dürfe, weil seine richtige Mama ja jetzt beim lieben Gott im Himmel sei.

„Awwer nadierlich derfschd du das, mei Bub", hatte Elisabeth daraufhin erwidert, „nur, eichendlich hääs isch jo met em richdiche Vorname Elisabeth unn net Elisa."

„Joo, schonn", hatte er darauf spontan erwidert, „awwer der Name iss doch viel zu lang. Isch will e korzer Name fa dich, wie bei meiner richdich Mama. Unn Elisa klingt doch e bissje so wie Olga, wenigschdens e ganz kläänes bissje, odder?"

Und so war aus der Pflegemama Elisabeth auf Kinderwunsch im Handumdrehen die Mama Elisa geworden, wobei diese schon nach kurzer Zeit von allen nur noch so genannt wurde.

Gregor war ein braver Junge und auch ein sehr guter Schüler, der sich mit Martin den Messdienern in St. Marien anschloss, die irgendwann mit dem Pfarrer, einem Kaplan und der Küsterin zusammen eine Reise nach Rom antraten und im Vatikan sogar an einer Papstaudienz teilnehmen durften. Ein unvergessliches Erlebnis, das den kleinen Gregor nachhaltig prägte. Jedenfalls stand fortan sein Berufsziel unumstößlich fest.

„Isch werre schbäder aach emol Pabschd", sagte er, „unn dann wohne mir all dort in dem Riesepalaschd in Rom. De Martin werd Scheff von de Schweizer Leibgard unn kriehd aach so e scheenie Uniform aan, unn du kochschd dann dort fa uns all, Mama Elisa. Isch bezahle dich aach guud."

„Ei prima, mei Bub, so mache ma das dann", hatte sie damals erwidert, worauf alle außer Gregor in schallendes Gelächter ausgebrochen waren.

„Wardens nur ab, ihr werre schon siehn", hatte er daraufhin trotzig erwidert.

Ein paar Jahre später machten die beiden ihr Abitur am Steinwaldgymnasium. Gregor bewarb sich danach tatsächlich zur Ausbildung am Priesterseminar Trier, während Martin eine kaufmännische Ausbildung in einem Industrieunternehmen absolvierte. Irgendwann danach verließen die beiden das Elternhaus, was Elisabeth damals sehr schwer fiel, wie ihr jetzt wieder in den Sinn kommt. Und als Ersatz für ihre beiden Söhne trat dann eines Tages völlig unerwartet ein kleiner Dackelwelpe auf den Plan, den sie bei einem Waldspaziergang mit ihrem Mann angebunden an einem Baum und an allen Gliedern zitternd vorfanden und spontan mit nach Hause nahmen. Und seit dem Tod ihres Mannes ist nun der Waldi zu ihrem einzigen Lebensgefährten aufgestiegen, den sie abgöttich liebt und hoffnungslos verwöhnt.

Nur mühsam gelingt es ihr, sich von dieser Gedankenreise in die Vergangenheit zu lösen und sich auf den großen Besuch einzustellen, auf den sie sich freut wie ein kleines Kind. Sie ist mächtig stolz auf ihren Gregor, der es sogar bis zum Bischof gebracht hat, und, wer weiß das schon, es vielleicht sogar tatsächlich eines Tages bis ins allerhöchste Kirchenamt schafft, obwohl das wohl mehr als unwahrscheinlich ist. „Awwer ausgeschloss iss es aach net", gibt sie sich selbst eine Antwort darauf, als sie die Wohnung in Richtung Marienkirche verlässt.

DIE ERSCHEINUNG

In St. Marien angekommen beginnt Elisabeth mit den Vorbereitungen zum bischöflichen Festgottesdienst, der am späten Nachmittag stattfinden soll. Schon Tage vorher hat sie die Marienkirche von einem Reinigungskommando gründlich auf Vordermann bringen lassen. Für den großen Tag soll schließlich alles perfekt und sauber sein, denn eine Reihe von illustren Gästen aus Politik und Wirtschaft haben sich zum Kirchenbesuch angesagt. Bundes- und Landespolitiker sowie Prominente aus den Bereichen Kunst, Kultur und Sport. Auch Pressevertreter und ein regionales Fernsehteam werden erwartet. Noch ist genug Zeit, denn der Gottesdienst wird erst in ein paar Stunden beginnen, doch die Küsterin ist merklich nervös, weil heute alles reibungslos über die Bühne gehen soll. Immer wieder wischt sie mit einem Tuch über die liturgischen Utensilien, rückt das Messbuch auf dem Altar zurecht, hastet in die Sakristei, um zum wiederholten Mal zu prüfen, ob alle Kirchengewänder bereit liegen, und danach wieder im Altarraum nachzuschauen, ob auch der Kirchenschmuck vollständig und an den richtigen Orten platziert ist. Obwohl sie sehr stolz darauf ist, dass ihre Kirche für diesen Festgottesdienst landesweit im Blickpunkt stehen wird, macht ihr die Last der Verantwortung sichtlich zu schaffen.

„Ach du liewer Gott", seufzt sie und schlägt die Hände vors Gesicht, „wenn doch nur schon alles erum wär. Hoffendlich mache die Messdiener ihr Sach heit ordendlich, hoffendlich singt de Chor net wedder so falsch wie beim letschde Mol unn es kommt sonschd nix Problemadisches dezwische." In der Hektik stolpert sie über eine Kerze, die wohl vom Altar gefallen und auf eine der Altarstufen gekullert ist. Dabei verliert sie den Halt und stürzt zu Boden. Augenblicklich wird ihr schwarz vor Augen.

Im gleichen Moment vernimmt sie einen wunderschönen Chorgesang, untermalt von sanften Harfenklängen. Als sie die Augen wieder öffnet, sieht sie einen kleinen Stern neben sich auf dem Boden liegen, der goldfarbene Funken zu versprühen scheint. Auch der Altarraum wird von goldenen Strahlen förmlich durchflutet, die durch eines der Kirchenfenster fallen. Der Küsterin läuft es heiß und kalt über den Rücken. Sie schlägt die Hände vors Gesicht und zittert dabei am ganzen Körper.

„Um Himmels Wille, isch glaab, isch werre verrickt. Das gebts doch gaarnet, odder trääm isch das nur. Liewer Gott, schdeh mir bidde bei."

„Keine Angst, mein Kind, ich bin ja bei dir", hört sie plötzlich eine sanfte Stimme und spürt, wie ihr eine Hand zärtlich über den Kopf streichelt.

Wie von einer Tarantel gestochen springt sie auf. Vor ihr steht ein Mann mit Bart und langen grauen Haaren, bekleidet mit einem strahlend weißen Gewand, das im Bereich des Saumes mit glitzernden Sternen bestückt ist, gerade so wie der, den sie auf dem Boden gefunden hat. Ungläubig irrt ihr Blick zwischen dem Unbekannten und dem Stern in ihrer Hand hin und her.

„Oh, der muss sich wohl von meinem Gewand gelöst haben", hört sie die geisterhaft erschienene Gestalt sagen.

„Um Himmels Wille, das glaab isch jetzt net", stammelt sie, noch immer völlig verwirrt. Alles kommt ihr wie im Traum vor, bis ihr schlagartig wieder der bevorstehende Festakt in den Sinn kommt. Sie fasst sich Mut, springt mit einem Satz auf und spricht den Unbekannten an. „Wer sinn dann Sie eichendlich unn wie komme Sie dann iwwerhaupt do erinn, die Kerchediere sinn doch all noch zugeschberrd?"

„Türen, sagst du? Oh, das ist kein Problem für mich, mein Kind, denn ich ..."

Weiter kommt der Fremde nicht, denn Elisabeth hat sich inzwischen wieder gefangen und versucht, die ungewöhnliche Situation im Angriffsmodus zu entschärfen. „Hann Sie sich eewe vielleicht heimlich hinner mir doo erinn geschlich? Unn heere se bloß off, mich mei Kind ze nenne. Isch bin net ihr Kind und isch hann jetz werklich kenn Zeit meh, mich noch länger met Ihne abzegenn. Isch schberre Ihne jetzt die Dier vom Seideingang off unn dann gugge se bitte, dass se dabber wedder nausgehn."

Gesagt, getan. Die Küsterin drängt den ungebetenen Besucher sanft aber bestimmt durch den Seiteneingang hinaus und verschließt die Tür sofort wieder. Danach lehnt sie sich, noch immer völlig aufgeregt, für ein paar Sekunden mit dem Rücken zur Tür und schließt die Augen. Als sie sie wieder öffnet, erstarrt sie aufs Neue. Der Eindringling, den sie doch gerade vor die Tür gesetzt hatte, sitzt putzmunter auf einer Kirchenbank und lässt seine Blicke anerkennend durch den Kirchenraum schweifen.

„Fürwahr, eine sehr schöne Kirche", hört sie ihn sagen.

Elisabeth ist verwirrt und verärgert zugleich. Kopfschüttelnd setzt sie sich neben den geheimnisvollen Fremden und musterte ihn von der Seite. *Bedrohlich siehd der jedenfalls net aus,* kommt ihr spontan in den Sinn.

Der Unbekannte lächelt sie an und erwidert: „Nein, mein Kind, bedrohlich bin ich nun wirklich nicht."

Der Küsterin wird schlagartig flau im Magen. „Sie wolle mir doch jetzt net noch weißmache, dass Se aach Gedanke lääse kenne. Saan Se mir jetzt bitte emol, wer Sie sinn unn was Sie hier iwwerhaupd ze suche hann."

„Aber gerne." Der ungebetene Gast wirft einen vielsagenden Blick Richtung Kirchendecke und erwidert: „Ich komme von ganz hoch da oben und möchte mich hier im Saarland ein kleines bisschen umsehen, denn dieses Fleckchen Erde ist leider so klein, dass man es vom Himmel aus kaum erkennen kann. Ich wollte mich auch persönlich davon überzeugen, dass das …", er zögert kurz und fährt dann fort, „ja, dass das Missgeschick bei der Entstehung dieses kleines Landstriches tatsächlich vollständig behoben ist."[*]

Das ist zu viel für die Küsterin, die ihre saarländische Heimat über alle Maßen liebt. „Was hääst dann do e klääner Landstrich, es Saarland is e richdiches Bundesland unn kenn klääner Landstrich. Sicher, es iss net es Greeschde, awwer

---

[*] siehe Anhang „Es geschah am achten Tag - eine himmlische Geschichte"

noch lang kenn klääner Landstrich. Wie das iwwerhaupt klingt ..., e klääner Landstrich."

Ihr Gegenüber setzt zu einem freundlichen Lächeln an. „Keine Sorge, mein Kind, denn auch ich liebe dieses kleine Land sehr, vielleicht ja gerade deshalb, weil es bei der Schöpfungsgeschichte ein paar Probleme damit gegeben hat."

„Probleme? Was dann für Probleme? Dodevon schdeht awwer nix in de Bibel drin."

„Nun ja, das sollte auch nicht an die große Glocke gehängt werden, um ehrlich zu sein", bekommt die Küsterin daraufhin zur Antwort.

Der Fremde neben ihr wird ihr immer unheimlicher. „Saan Se emol, geht´s Ihne vielleicht net guud? Isch menn, senn Se vielleicht e bissje dorchenanner im Kopp? Bei äldere Leid kann so was schon emol vorkomme. Wie ald senn Se dann unn wie hääse Sie dann eichendlich?"

„Ich bin der ich bin, der schon immer war und immer sein wird", erwidert der Unbekannte vielsagend.

Ein Schauer jagt der Küsterin über den Rücken. Sie erinnert sich an einen ähnlichen Spruch aus der Bibel, aber den hat der brennende Dornbusch zu Moses auf dem Berg Horeb gesagt, als er ihm den Auftrag gab, das Volk Israel aus Ägypten zu führen, und dieser brennende Dornbusch damals war kein Geringerer als G.... Für ein paar Sekunden ringt sie förmlich nach Luft.

„Ach du liewer Gott", entfährt es ihr dann. Sie fällt vor dem Fremden spontan auf die Knie. Nur zaghaft wagt sie, den Kopf zu heben und ihn anzublicken. „Senn Sie werklich de liewe Gott, odder wolle Se mich nur of de Arm nemme?"

„Natürlich gerne, wenn du das möchtest, mein Kind", erwidert der und nimmt sie spontan in die Arme. Hastig löst sie sich und schüttelt fassungslos den Kopf.

„Nää, so hann isch das joo net gemennt. Awwer das gebbts doch net, de liewe Gott bei mir, dass glaabd mir doch kenn Mensch", stammelt sie.

„Vollkommen richtig, und deshalb sollte das auch unter uns beiden bleiben, Elisabeth."

Die Küsterin erstarrt. *Woher kennt dann der mei Name? Awwer wenn´s tatsächlich de liewe Gott iss, dann wääß der das sowieso,* schießt ihr durch den Kopf.

„Du hast es erfasst, und jetzt beruhige dich bitte, denn du musst doch den Gottesdienst vorbereiten. Schon bald werden wohl die ersten Kirchenbesucher eintreffen."

„Oh Gott, doo hann Se vollkommen rechd. Dodraan hädd isch jetzt iwwerhaupt nemee gedenkd, bei der ganz Offreechung. Awwer was mach isch dann jetzt met Ihne? Isch kann mich so lang net um Sie kümmere, unn wenn Se ääner doo siehd, dann iss awwer de Deiwel los."

„Nun, das glaube ich kaum, mein Kind, und keine Sorge, mich sieht schon keiner", erwidert die geheimnisvolle Gestalt, nickt ihr freundlich zu und ist mit einem Schlag verschwunden.

Wie angewurzelt bleibt die Küsterin eine Weile stehen und versteht die Welt nicht mehr. Erst als sie die Stimme des Pfarrers aus der Sakristei hört, gibt sie sich einen Ruck und geht zu ihm, noch immer an allen Gliedern zitternd.

„Um Himmels Willen, was ist denn mit Ihnen? Geht es Ihnen nicht gut? Soll ich einen Arzt rufen?", fragt er sie besorgt.

Die Küsterin schüttelt den Kopf. „Nää, mir war eewe nur e klähn bissje schwindelich, Herr Parrer, awwer es geht ma jetzt schon wedder besser."

„Also gut, aber nach dem Gottesdienst gehen Sie gleich nach Hause. Am besten nehmen Sie sich mal ein paar Tage frei. Urlaub haben Sie ja ohnehin noch genug, Elisabeth."

Die Küsterin nickt. „Joo, isch glaab, e paar Daa frei würde ma werklich emol ganz guud duun. Awwer nur, wenn´s Ihne aach recht wär, Herr Parrer?"

„Kein Problem, aber jetzt muss ich schleunigst die Rede für meine Predigt fertig machen, erwidert der und geht zurück ins Pfarrhaus, während die Küsterin sich wieder um den Kirchenschmuck kümmert.

WEGBEGLEITER

Zu später Stunde verlässt die Küsterin das Pfarrhaus und geht über den Marienplatz in Richtung ihrer kleinen Wohnung unweit der Kirche. Sie ist froh und erschöpft zugleich, zum einen, weil es nach ihrer Einschätzung ein richtig schöner und reibungslos verlaufener Festgottesdienst war, und zum anderen, weil sie spürt, wie die Anspannung allmählich von ihr abfällt und einer großen Müdigkeit zu weichen beginnt. Es war sehr hektisch für sie in den letzten Tagen und deshalb freut sie sich umso mehr, die kommenden Tage ein bisschen Urlaub machen zu können. Vielleicht ein paar Ausflüge in der näheren Umgebung, *odder warum net emol e scheenie Saarlandrundfahrd met em Waldi* kommt ihr spontan in den Sinn. Der betagte Rauhaardackel, einst mit dunkelbraunem Fell, ist allerdings im Laufe der Zeit mehr und mehr ergraut und seine beiden Augen sind vom grauen Star befallen, sodass er inzwischen nur noch auf laute Zurufe oder Klatschgeräusche reagiert und draußen immer an der Leine geführt werden muss.

Wie so oft geht ihr Blick im Vorbeigehen an der Mariensäule hinauf zur Mutter Gottes und dem Jesuskind. Jedes Mal wird ihr dabei ein bisschen warm ums Herz. Sie liebt diesen Anblick und erinnert sich an die wunderschöne Zeit, als ihr Mann noch lebte und sie ihren kleinen Sohn Martin, und später natürlich auch Gregor, genau so zärtlich wie Maria auf dem Arm hielt. Jetzt muss der Waldi dafür herhalten, dem das aber ausgesprochen gut gefällt. Seit Jahren lebt sie mit ihm allein, nachdem die beiden Söhne weggezogen sind und sie die Zwei leider nicht mehr so oft sehen kann. Trotzdem hat sie in ihrem gemeinsamen Kinder- und Jugendzimmer seither nichts verändert. Sie sollen sich wie früher hier heimisch fühlen, falls sie mal über Nacht auf Besuch kommen sollten, doch das ist höchst selten der Fall.

„Wirklich ein schönes Denkmal", hört sie plötzlich eine Stimme sagen.

Erschrocken dreht sie sich um. Hinter ihr steht wieder diese beeindruckende Gestalt, die ihr vor ein paar Stunden in der Kirche erschienen ist, und die sie in der Hektik des Tages fast schon wieder vergessen hatte, dieses geheimnisvolle Wesen, das sich ihr als Gott zu erkennen gegeben hat. „Ach du lieber Gott, dann war das heit doch kenn Schbinnerei", stöhnt sie kaum hörbar, um dennoch eine Antwort darauf zu erhalten.

„Nein, mein Kind, das war es nicht. Keine Sorge, du bist nicht verrückt."

„Völlich normal also, menne Se? Awwer das iss doch net normal, wenn ma Halluzinazione hadd. Unn wo ware Sie dann eichendlich die ganz Zeid?"

„Es sind keine Halluzinationen, deine Wahrnehmung trügt dich nicht", erwidert der liebe Gott und schiebt nach, „ich habe mich in der Zwischenzeit mal ein bisschen in deiner Heimatstadt Neunkirchen umgesehen."

„Unn wie gefallt se Ihne?", fragt sie.

„Na ja, sicherlich nichts Besonderes, aber eigentlich ganz passabel", erhält sie zur Antwort.

Die Küsterin nickt. „Joo, es iss nur schaad, dass im Kriech so viel scheene Heiser zerschdörd woor senn. E scheenie Aldschdadd hammer nadierlich net. Awwer, um noch emol of die Halluzinazione zerickzekomme, de liewe Gott kann doch kenner siehn, unn all die, die so was behaubde, werre doch sofort fa verrickt erklärt. Es gääb iwwerhaupt kenn Gott unn das wär alles Kappes, saan die meischde. Aber isch glaawe draan, ganz feschd sogar."

„Das freut mich, und das ist auch der Grund, warum ich mich dir offenbare."

„Unn warum net alle Mensche, das würd isch werklich emol fa guud finne, damit die sich noch emol all auf ihr Glaawe besinne unn net reijeweis aus de Kerch ausdrääde. Das werd nämlich immer schlimmer, glaawe se ma das bloß."

„Man kann auch an Gott glauben, ohne Mitglied einer Kirche zu sein. Das ist nicht das eigentliche Problem, zumal die Kirche im Namen des Herrn schon viel Unheil im Laufe der Geschichte angerichtet hat. Aber wer grundsätzlich nicht glauben will, der würde sicherlich auch behaupten, dass eine göttliche Erscheinung nur eine trügerische List oder ein Trick sei, zumal es in der heutigen Zeit die tollsten Magier gibt, die ihr Publikum mit den unglaublichsten Illusionen in Erstaunen versetzen können. Nein, mein Kind, ein göttlicher Auftritt wäre heutzutage nicht mehr opportun."

„Awwer so e Gottesbeweis, das würd schon was bringe, glaab isch, weil äänfach nur so an ebbes ze glaawe schonn net so leicht iss."

„Meinst du? Glaubst du eigentlich, dass morgen auch noch ein Tag ist?"

„Ei nadierlich. Warum soll dann morje kenn Daa meh senn? Awwer warum wolle Se dann das jetzt wisse?"

Ohne darauf zu antworten schiebt ihr Gesprächspartner eine weitere Frage nach. „Und was macht dich da so sicher?"

„Ei, ganz äänfach, geschder war e Daa, heit is e Daa, unn morje werds aa wedder so senn. So iss es schon immer geween."

„Und wenn jetzt jemand behaupten würde, dass die Erde sich plötzlich nicht mehr weiterdreht, oder dass sie sich in Luft auflöst oder untergeht, oder dass ..."

„So e Quatsch, dene würd isch fa verrickt erkläre", fällt die Küsterin ihrem Gegenüber ins Wort, um sich im gleichen Moment für die despektierliche Bemerkung zu entschuldigen.

„Könntest du das denn beweisen?"

„Was beweise?"

„Na, dass Morgen auch noch ein Tag ist."

„Wie soll isch dann das beweise? Das iss halt äänfach so. Nadierlich kennt morje aach die Weld unnergehn."

„Dann glaubst du also eher an den Weltuntergang morgen?"

„Nää, das glaab isch iwwerhaubd net, odder hann se das vielleicht vor?", erwiderte die Küsterin mit merklichem Unbehagen.

„Keine Sorge. Ich darf also feststellen, dass man an etwas fest und unerschütterlich glaubt oder auch nicht, ohne es beweisen zu können, oder?"

„Joo, schonn, awwer das kann ma doch net metnanner fagleiche."

„Also gut, siehst du den alten Mann dort auf der anderen Straßenseite?"

Die Küsterin nickt.

„Glaubst du, dass er einen Vater und eine Mutter hatte, auch wenn sie vermutlich schon lange tot sind."

„Ei nadierlich?"

„Und wieso?"

„Na ja, irchendwer muss dene jo met irchendwem fabriziert hann. Er kann joo net äänfach so vom Himmel gefall senn."

„Könntest du denn das beweisen?"

„Ei wie dann? Awwer es wär absoluder Bleedsinn, an ebbes anneres ze glaawe. Von nix kommt schließlich nix, wie jeder wääs." Plötzlich stutzt die Küsterin, starrt eine Weile auf den Boden und blickt dann ihren Gesprächspartner an. „Isch glaab, jetzt wääs isch, weshalb se mich so scheinbar bleedes Zeich gefrood hann. Das iss nämlich gar net so bleed unn hat mich jetzt noch meh devonn iwwerzeuchd, dass ma sich in seim Glaawe von nimmand beirre losse soll. Awwer jetzt emol was anneres, wo wolle se dann heit Naachd eichendlich schloofe, odder gehn Se jetzt wedder enuff in de Himmel?"

„Darüber habe ich mir eigentlich noch keine Gedanken gemacht, denn ich wollte mich ja hier im Land noch ein bisschen umsehen, und schlafen ... das muss nicht sein."

Die Küsterin schüttelt den Kopf. „Nää, nää, das gebts auf gar kennem Fall. Wisse se was, Sie könnde aach bei mir, äh ..., isch menn im Zimmer von meine Söhn e paar Daa iwwernaachde unn dann met mir zesamme e Saarlandtour mache, falls Se Zeid und Luschd dezu hädde."

„Oh, das ist aber sehr nett von dir. Ich denke, die Einladung werde ich annehmen."

„Ei prima, dann komme Se emol met, awwer senn Se bitte leise, wenn ma zesamme ins Haus gehn. Das muss jo kenner metkriehn. Mir senn aach gleich dort. Die nääkschd Schdrooß links unn dann es dridde Haus of de rechts Seid." Vor dem Haus dreht sich die Küsterin sicherheitshalber noch einmal nach ihrem Begleiter um und legt den Zeigefinger vor den Mund. „Isch hoffe nur, dass de Waldi net aanfangt ze belle, wenn ma eninngehn, denn es iss schon verdammt schbäd."

„Keine Sorge, das wird er nicht", erwidert der und lächelt ihr aufmunternd zu.

Kaum in der Wohnung springt der betagte Rauhaardackel zuerst sein Frauchen und dann den fremden Mann schwanzwedelnd an und lässt sich sogar von ihm streicheln und auf den Arm nehmen.

„Ach du liewe Zeid, ei was iss dann mit dir los, Waldi, so kenn isch dich joo garnet. Fremde gejeniwwer issa nämlich sonschd immer misstrauisch unn belld se aan", erklärt sie.

Der liebe Gott nickt vielsagend und erwidert: „Richtig, aber ich bin ja auch kein Fremder für ihn."

„Awwer sicher senn Se das", entfährt es der Küsterin, bis sie plötzlich stockt und ihr Gegenüber fragend anblickt. „Oder kenne ihr eich vielleicht doch schonn, awwer wohäär?"

„Nun, das lässt sich leider nicht so einfach erklären, und schon gar nicht auf die Schnelle. Es ist ohnehin dafür zu spät und du solltest jetzt schlafen gehen, mein Kind."

Schon wedder mei Kind, hadda zu ma gesaad schießt der Küsterin durch den Kopf, aber sie lässt sich diesmal nichts anmerken, weil sie instinktiv davon überzeugt ist, es tatsächlich mit dem lieben Gott zu tun zu haben, obwohl sie dafür einfach keine vernünftige Erklärung finden kann. „Joo, isch glaab, Sie hann recht. Isch zeije Ihne jetzt noch ihr Zimmer unn morje kenne ma uns joo weider doodriwwer unnerhalle." Kaum hat sie die Tür zum Zimmer ihrer Söhne geöffnet, huscht der Dackel an ihnen vorbei und springt schwanzwedelnd auf eines der Betten. „Gehschd du jetzt doo erunner, awwer sofort", herrscht sie den Hund an.

„Lass ihn ruhig im Bett, mich stört das nicht", sagt der liebe Gott.

„Awwer mich. Isch menn, der iss zwar aach iwwer Naachd bei mir im Bett, awwer der kann joo net äänfach so met eme Fremde ins Bett ..." Eine gewisse Eifersucht ist bei ihr unverkennbar, was auch ihr nächtlicher Gast so bemerken scheint. Er beugt sich zu Waldi hinunter, streichelt ihm zärtlich über den Kopf und flüstert ihm etwas ins Ohr, worauf der Hund sofort vom Bett springt und mit hängenden Ohren und traurigen Blicken ins Schlafzimmer seines Frauchens dackelt.

„Ach Gott, das wolld isch joo net, isch menn, wenn Se wolle, dann kann er aach heit Naachd bei Ihne schloofe."

„Nein, nein, das ist schon so in Ordnung. Er gehört schließlich zu dir, dein vierbeiniger Freund. Ich wünsche euch beiden eine gute Nacht", erwidert der liebe Gott und zieht sich lächelnd ins Gästezimmer zurück.

A B S E I T S

Am nächsten Morgen wird Elisabeth durch lautes Klirren in der Küche geweckt und springt mit einem Satz aus dem Bett, gefolgt von Waldi. In der Küche sieht sie den lieben Gott auf dem Boden knien und Scherben einsammeln. Offensichtlich sind ihm zwei Kaffeetassen auf den Boden gefallen.

Als er seine Gastgeberin sieht, zuckt er entschuldigend mit den Schultern und sagt: „Bitte verzeih mir, aber die sind mir einfach aus den Händen geglitten.“

„Kenn Problem“, erwidert sie, „awwer was mache Se dann eichendlich doo in de Kisch?“

„Na ja, ich wollte den Frühstückstisch decken. Das macht man doch so, oder?“

„Ei joo, awwer ma schmeißt kenn Tasse debei of de Boddem“, erwidert sie und fängt plötzlich schallend an zu lachen, als ihr in den Sinn kommt, dass sie gerade den lieben Gott getadelt hat. „Dass doo glaabt mir beschdimmd kenner", prustet sie erneut los. „Isch hoffe, Sie senn ma net bees, weil isch das so gesaad hann."

„Nein, warum auch? Du hast ja recht."

„Wisse Se was, Sie hugge sich jetzt an de Disch unn lääse die Zeidung, bis isch es Frieschdigg ferdich hann", sagt sie, geht kurz hinaus zum Briefkasten und legt ihm die Zeitung auf den Tisch.

„Danke, aber die brauche ich nicht", bekommt sie zur Antwort.

„Unn warum net?"

„Weil ich auch so über alles Wichtige genau Bescheid weiß", erwidert der liebe Gott schmunzelnd.

„Ach so, das hädd isch ma eichendlich aach selbschd denke könne, awwer isch hanns nur guud gemennt. Unn de Waldi huggd Ihne aach schon wedder of de Pell", sagt sie und will den Dackel vom Schoß ihres Gastes herunterheben, worauf der Hund sie leise anknurrt.

„Lass ihn nur bei mir. Gestern Abend hast du ihm ja schon den Spaß verdorben, und jetzt fordert er halt seine Streicheleinheiten von mir."

„Ei dann", seufzt Elisabeth, „dann tringge ma jetzt zeerschd emol Kaffee und heit noomidda gehn ma ins Ellefeld."

„Ellenfeld? Was ist denn das und was wollen wir dort machen?"

„Ei, das iss es Borusseschdadion. Unser Borusse hann e wichdiches Punktschbiehl um die Meischderschaft, unn dass will isch ma unbedingt aangugge, oder wolle se liewer doobleiwe?"

„Ach so, du meinst wohl Fußball, Elisabeth. Na ja, eigentlich kenne ich mich da nicht so gut aus, aber interessieren würde es mich schon."

„Ei prima, das freit mich, unn es Wichdichsde iwwer es Schbiehl duun isch Ihne dann aach erkläre."

„Geht der Waldi auch mit?"

„Nää, das geht net, der derf net ins Schdadion, awwer hinnenoo kenne ma mit dem joo noch e bissje schbazieregehn, unn morje mache ma e klänie Schbritztuur, wenns Ihne recht iss."

„Schön, und wie kommen wir beide ins Fußballstadion?"

„Ei, am beschde gehn ma zu Fuß, das iss nur e Verdelschdunn ze gehn, oder iss das zu viel fa Sie, dann würde ma met em Audo fahre. Nur met de Parkerei iss dass so e Problem am Ellefeld. Doo krieschde unner Umschdänn erschd wedder e Parkplatz, wenns Schbiel erumm iss, und dann womöchlich grad wedder deene vor deiner eichene Hausdier", erwidert Elisabeth, und freut sich diebisch, dass sie diesen Spruch aus längst vergangenen Zeiten der einst glorreichen Borussia aus Neunkirchen endlich mal wieder an den Mann bringen kann, weil der liebe Gott in Sachen Fußball offenbar nicht up to date ist, zumindest nicht bezogen auf ihren Heimatverein.

Etwas irritiert ist sie allerdings, dass dieser sie mit Blicken förmlich durchdringt und dann schmunzelnd erwidert: „Nun, wenn das so ist, dann lass uns den Weg zu Fuß zurücklegen."

„Awwer Sie müsse zeerschd noch e paar annere Sache aanzieje. So könne Se of kennem Fall erumlaafe. Isch hann Ihne emol e paar Sache von de zwää Buwe erausgeleed. Dodevon müssd Ihne eichendlich was passe."

Ein paar Minuten später kommt der liebe Gott aus dem Gästezimmer, bekleidet mit einer leicht verwaschenen Jeanshose, einem roten T-Shirt und Tennisschuhen.

Die Küsterin mustert ihn kurz und nickt beifällig. „Joo, das passt unn sieht richdich flott aus an Ihne. So könne ma jetzt ins Ellefeld gehn", sagt sie und schiebt ihren Gast in Richtung Tür. Vor dem Ellenfeldstadion angekommen kramt sie in ihrer Handtasche und sagt:„Warde Se bidde vorm Ingang korz of mich. Isch gehn nur zwää Karde hole." Allerdings hat sie nicht bemerkt, dass ihr neugieriger Begleiter bereits auf dem Weg ins Innere des Stadions ist.

„Ääh, hald emol, wo hann dann Sie ihr Intrittskard?", herrscht ihn ein Ordner an.

Der liebe Gott zuckt irritiert mit den Schultern und erwidert: „Eintrittskarte? Ja braucht man denn so etwas, um durch dieses Tor zu gehen?"

Dem Ordner verschlägt es für ein paar Sekunden die Sprache, aber dann poltert er lauthals los: „Wolle Sie mich vielleicht verarsche oder senn se hinnerm Mond dehemm? Also so unverschämt hats joo werklich noch kenner versucht, sich an mir vorbeizeschleiche."

Im gleichen Moment stürzt die Küsterin mit den beiden Eintrittskarten herbei und attackiert den armen Ordner heftig: „Ja senn dann Sie von Sinne? Wie schwäddse Sie dann met em liewe Gott? Siehn Se dann net, dass isch zwää Karde fa uns in de Hand hann?", worauf der Ordner sofort zurückzurudern beginnt.

„Unn warum hat der doo das net gleich gesaad?", fragt er, auf den lieben Gott deutend.

„Weil der von weit häär kommd unn sich im Fußball aach net so auskennt."

„Aha, dann muss er awwer von ganz weit häärkomme", brummt der Ordner, noch immer etwas verschnupft. „Also guud, dann gehn Se hald eninn", schiebt er nach und winkt die beiden durch. Im Vorbeigehen raunt er der Küsterin zu: „Hann Sie eewe werklich liewer Gott zu dem doo gesaad?"

Elisabeth bekommt sofort einen hochroten Kopf und schlägt die Hände vors Gesicht. Verzweifelt sucht sie nach einer passenden Antwort, bis ihr spontan ein Geistesblitz kommt. „Ach so", erwidert sie, „dass hann Se eewe vermudlich falsch verschdann. Er hääsd nämlich met Nooname Liebergott."

Der Ordner starrt sie entgeistert an und fängt dann schallend an zu lachen. „Ach so, unn isch hann gemennt, Sie hädde alle zwää e Knall. Endschuldichung, das iss ma jetzt graad so erausgerutschd. Awwer e komischer Name iss es schon."

„Unn wieso?"

„Na ja, Liebermeischder gebbts joo e paar, unn e Lieberknecht kenn isch aach, awwer e Liebergott ... ach du liewer Gott, was fa e Name."

„Isch hann jo gesaad, er kommt von weit häär, unn dort iss der Name garnet so selden", erwidert die Küsterin.

„Joo joo, von mir aus kann er aach direkt aus em Himmel komme, die Hauptsach iss, er hadd jetzt e Intrittskard", brummt der Ordner und widmet sich wieder seiner Arbeit.

Die beiden nehmen auf der Tribüne Platz. Der liebe Gott mustert seine Begleiterin schmunzelnd und sagt mit einem süffisanten Unterton zu ihr: „Du solltest als Küsterin eigentlich das achte Gebot kennen."

Schuldbewusst senkt diese den Kopf und nickt. „Joo, nadierlich, awwer das iss ma in de Heckdick grad so erausgerutschd. Es duud ma werklich läääd."

„Schon gut, mein Kind, du hast es schließlich nicht in böser Absicht getan, und er hätte dir die Wahrheit ohnehin nicht abgenommen."

Kurz darauf beginnt das Spiel, das eine ganze Weile ohne große Höhepunkte verläuft. Doch dann sprinet ein Gästestürmer in den Strafraum der Borussia, umspielt zwei Abwehrspieler und jagt die Kugel mit einem knallharten Schuss am Tormann vorbei ins lange Eck. Doch der Torjubel der Gäste verhallt sofort wieder, weil der Linienrichter wegen Abseits die Fahne gehoben hat. Großes Glück für die Borussen. Das Tor zählt nicht.

Kopfschüttelnd kommentiert der liebe Gott diese Szene und fragt: „Das verstehe ich jetzt nicht. Der Ball war doch im Tor, oder etwa nicht?"

„Doch, schonn, awwer es war hald e Abseidsdoor", erwidert Elisabeth.

„Ein Abseitstor? Was ist das denn?"

„Isch wääs zwar, dass es Abseids war, awwer so richdich erkläre kann ischs net", erwidert Elisabeth und tippt ihrem Vordermann auf die Schulter, der sich nach ihnen umdreht und seine Bekannte begrüßt.

„Ach, gugge emol doo, die Mama Elisa, du bischd joo aach doo", sagt der, „das hann isch im Eifer des Gefechdes garnet metkriehd. Wann bischde dann komm?"

„Ei mir setze schonn die ganz Zeid hinner eich, awwer isch hann dich aach erschd beim Rumdräje gekennd. Du, saa emol, das war doch eewe Abseids, odder?"

„Ei sicher war das Abseids, das haschde doch gans deidlich gesiehn."

„Joo, Fritz, awwer kennschd du meim Bekannde die Abseidsreechel vielleicht erkläre. Isch kann das nämlich net so guud."

Der besagte Fritz musterт daraufhin den lieben Gott ausgiebig, schüttelt dann den Kopf und erwidert: „Saa nur, du kennschd die Abseidsreechel werklich net? Ei das gebbts doch garnet!"

Entschuldigend schüttelt der mit dem Kopf.

„Ei wo kommschd dann du häär? Pass emol of, mei Guuder, Abseids iss, wenn dei Mannschaft aangreift unn dir e Metschbiehler de Ball zuschbiehld. Wenn dann vor dir wenicher als zwää Mann vom Geechner senn, dann iss es Abseids. Verschdehschdes jetzt?"

„Nicht ganz, mein Sohn, ich spiele doch überhaupt nicht mit", erwidert der liebe Gott merklich verunsichert.

„Also, erschdens bin isch net dei Sohn, unn zwäddens hann isch das doch nur beischbielhaft so erklärd, damit selbschd de Letschde es aach noch verschdehd. Awwer isch merge, bei dir iss das net so äänfach, isch erkläre dir das Ganze jetzt emol met dene Babbbecher doo. Unn mei Feierzeisch iss de Ball", schnauft er und hantiert mit Feuerzeug und Bechern so lange erklärend vor dem lieben Gott herum, bis dieser strahlend nickt und erwidert: „Oh ja, jetzt habe ich es wirklich verstanden. So schwierig ist das eigentlich gar nicht. Vielen Dank."

„Das saan isch doch die ganz Zeid, odder?", knurrt Fritz, während auf den Rängen plötzlich lauter Torjubel ausbricht, weil die Borussia das 1:0 erzielt hat.

„Himmel, Herrgott, Sakrament", brüllt Fritz auf, „jetzt hann isch weje dir das Door net gesiehn."

„Selwer schuld, dann kannschdes joo heit Oomt in Zeitlupe im Fernseh gugge", sagt sein Nachbar zur Linken und klopft sich dabei mit einem wiehernden Lachen auf die Schenkel.

„Heer bloß uff met dem dumme Geschwädds. Verarsche kann isch mich selwer", bekommt er zur Antwort.

Nach der Halbzeitpause attackiert der Gegner die Borussen heftig und drängt auf den Ausgleich. Bei einem Angriff wird der gegnerische Linksaußen gefoult und stürzt etwa zwanzig Meter vor dem Borussentor zu Boden, worauf der Schiedsrichter dem Abwehrspieler der Heimmannschaft die gelbe Karte zeigt und einen Freistoß für die anderen verhängt. Als der Abwehrspieler dem Gefoulten wieder auf die Beine helfen will, brüllt ein Borussenanhänger über den Platz: „Loss ne leije, der trääd sich feschd." Damit hat er zwar die Lacher auf seiner Seite, aber die Strafe folgt auf dem Fuß. Der Linksaußen legt sich den Ball zurecht, läuft an und zirkelt ihn an der Abwehrmauer der Borussen vorbei rechts oben ins Borussentor, was den lieben Gott spontan zu einem anhaltenden Applaus und der laut vernehmbaren Bemerkung: „ein richtiges Traumtor" veranlasst. Für ein paar Sekunden herrscht eisiges Schweigen auf der Tribüne, bis man einen aufgebrachten Borussenanhänger aus den unteren Reihen rufen hört: „Du huggschd of de falsch Seid, Kumbel. Am Beschde geeschde dabber zu deine Leid niwwer in eier Block, sonschd gebbts e Ungligg."

„Was meint er denn damit?", sagt der liebe Gott und schaut Elisabeth sichtlich etwas irritiert an.

„Na ja, das kommt net graad so guud aan, wenn ma bei eme Door vom Geeschner gladschd", bekommt er zur Antwort.

„Aber es war doch ein schönes Tor, wie ich finde, oder?"

„Joo, schonn, awwer das machd doch nur die annere stark, isch menn de Geeschner von de Borusse."

„Aha, aber sollte denn nicht der Bessere in einem fairen Wettstreit auch gewinnen?"

„Das hall isch im Kopp net aus", stöhnt Fritz. „Elisa, aach wenns dei Bekannder iss, saa em, dass er sich um Kopp unn Kraache bringd, wenn er so weider machd."

Mittlerweile geht es auf dem Rasen sehr turbulent zu, denn die Borussen wollen partout den Sieg im heimischen Stadion erzwingen. Eine Angriffswelle nach der anderen rollt auf das gegnerische Tor. Dann eine Schlüsselszene etwa fünf Minuten vor Spielende. Die Borussen erkämpfen sich den Ball an der Mittellinie und stürmen mit drei Mann in die gegnerische Hälfte. Dann eine grandiose Vorlage von links zum Mittelstürmer der Borussia, etwa fünfzehn Meter vorm Tor, der völlig frei steht. Doch die einmalige Chance wird durch den lauten Ruf *Abseits* des lieben Gottes jäh zunichte gemacht, worauf im gleichen Moment der Linienrichter tatsächlich die Fahne hebt und der Schiri auch sofort Abseits pfeift. Alle

Zuschauer starren in Richtung des Rufers, der damit eine todsichere Torchance für die Borussen und das mögliche Siegtor vereitelt hat.

Elisabeth ist für einen kurzen Moment kalkweiß im Gesicht, dann springt sie panikartig auf, fasst den lieben Gott entschlossen an der Hand und zerrt ihn im Laufschritt aus dem Stadion. Der ist völlig perplex und bringt kein Wort heraus. Als die beiden in sicherer Entfernung vom Ellenfeld sind, bleibt Elisabeth schnaufend stehen. Auch der liebe Gott ist merklich außer Puste gekommen.

„Was ist denn in dich gefahren, mein Kind? Du bist ja völlig außer dir", sagt er, heftig nach Luft ringend.

„Ei das frooe Sie aach noch", bekommt er zur Antwort. „Wenn mir uns aweile net so schnell aus em Schdaab gemacht hädde, dann hädde ma das Drama vermutlich alle zwää net iwwerlääbd."

„Und wieso, wenn ich fragen darf? Nur weil ich *Abseits* gerufen habe?"

Die Küsterin nickt heftig. „Genau desweje!"

„Aber es war doch eindeutig Abseits, ich meine, jetzt wo ich die Regel so sicher beherrsche."

„Schonn, awwer das hadd uns jetzt graad de Siech koschd."

„Den Sieg? Uns?"

„Nää, net uns, awwer de Borusse, unn mir senn doch Borusseaanhänger. Isch jedenfalls."

„Ach so", erwidert der liebe Gott, „und deswegen die ganze Aufregung? Vielleicht gewinnen sie ja beim nächsten Mal."

„Aweile genn ischs off", stöhnt die Küsterin, „isch glaab, dass met em Fußball war kenn so guudie Idee. Komme Se, ma gehn jetzt hemm, unn morje mache ma e scheenie Schbritztour mem Audo. Das iss hoffendlich net so offreechend wie das Drama von eewe."

Plötzlich hören sie hinter ihnen ein paar Borussenanhänger auf dem Mantes-La-Ville-Platz laut fluchen. „Wenn net der Hambelmann off de Tribüün so laut Abseits geruf hädd, dann häddes de Linienrichder unn de Schiri iwwerhaupt net gemerkd. Isch hann nämlich ganz genau gesiehn, dass die Zwää erschd dodeno reagierd hann", brüllt einer von ihnen, außer sich vor Ärger.

„Ei joo, unn jetzt senn die drei Punkde im Äämer, die ma sonschd beschdimmd gehold hädde. Haschd du eichendlich gesiehn, wer uns dene Mist ingebrockt hat?", fragt ein anderer.

„Nää, awwer an dem seiner Schdell würd ich gugge, dass ich so schnell wie meechlich Land gewinne, wenn ma mei Lääwe lieb wäär."

Ein guter Rat, den Elisabeth und ihr Begleiter mit gesenkten Köpfen umgehend in die Tat umsetzen.

AUF ACHSE

„Isch reime graad noch de Disch ab unn dann fahre ma. Zum Gligg hamma heid richdich scheenes Wedder", sagt die Küsterin am nächsten Morgen, nachdem sie mit ihrem Gast ausgiebig gefrühstückt hat. „Isch würd saan, ma fahre zeerschd no Jächersburch an de Weijer unn drääe dort e Runde mit em Waldi, dass der sei Sach mache kann. Oder wolle Se irchendwo annerschd hinn?"

Der liebe Gott schüttelt schmunzelnd den Kopf. „Keineswegs, mein Kind, du bist schließlich die Reiseleiterin."

„Ei guud, dann hol isch emol es Audo aus de Garaasch. Es ist awwer nur e uralder Käfer. Der iss schon weit iwwer ferzisch Joor ald, laafd awwer imma noch wie e Dibbsche. De Martin duud ma ne repariere, wenns senn muss. Der iss so e alder Basdler wie sei Vadder war. Met so eme

Audo könnd ma heit nemee in e normalie Werkschdadd fahre. Do würde die sich nemee draan auskenne, unn so e deierie Oldteimer-Werkschdadd könnd isch net bezahle, aach kenn neies Audo, awwer der Käfer reichd mir voll unn ganz. Außerdem hadd der noch dickes Blech unn e richdichie Schdooßschdang, do kamma aach emol irchendwo dewidder fahre, ohne dass gleich was ze flicke iss. Manchmol passiert mas hald, awwer e richdicha Unfall hodd isch noch kääner. Sie brauche also kenn Angschd se hann."

„Natürlich nicht, mein Kind, ich vertraue dir voll und ganz. Auf gehts."

Die Fahrt über Land scheint dem lieben Gott großen Spaß zu machen, und auch dem Waldi, der ihm auf dem Schoß sitzt und sich die ganze Zeit von ihm streicheln lässt. „Macht bestimmt Spaß, das Autofahren", sagt Mama Elisas Beifahrer. „Meinst du, ich könnte es auch mal versuchen?"

Elisabeth verzieht das Gesicht und überlegt krampfhaft, wie sie ihm die Idee ausreden soll, ohne ihn zu verletzen. „Isch wääs net, Audofahre kann nämlich nur derjeniche, der aach e Führerschein hadd. Hann Sie so ebbes?"

Der liebe Gott schüttelt wie erwartet den Kopf.

„Ei dann gehts werklich net, duud ma lääd."

„Nun denn", bekommt sie zur Antwort, „aber zutrauen würde ich es mir schon. Das sieht doch alles sehr einfach aus."

„Nää, so äänfach wies aussiehd iss es net. Awwer mir senn aach schon gleich doo, unn dann laafe ma met em Waldi e Runde um de Weijer."

Um diese Zeit ist noch wenig Betrieb am Jägersburger Weiher. Nur ein paar sportlich Veranlagte hangeln sich durch den Kletterpark und lassen sich am Stahlseil hängend in luftiger Höhe ein Stück über das Wasser gleiten. Die Ausflügler flanieren gemütlich über den Rundweg, während Waldi schnüffelnd die Wiese neben dem Weg erkundet. Irgendwo lässt sich der liebe Gott auf einer Parkbank nieder und blickt gedankenverloren übers Wasser, während Waldi sich vor seinen Füßen ablegt.

Endlich e richdich guudie Geleechenheid, um emol e scheenes Foto von dene Zwää ze mache, kommt Elisabeth in den Sinn. Unbemerkt schießt sie ein paar Bilder mit ihrem alten Smartphone, das sie von Martin geerbt hat, weil der alle zwei Jahre ein neues Modell bekommt. Dann setzt sie sich auch auf die Bank und sagt zum lieben Gott: „Wolle Se emol gugge, isch hann e paar Bilder von Ihne unn em Waldi geknipst?"

Der nickt bloß mit einem merkwürdigen Lächeln auf den Lippen.

„Ach du liewer Gott, was iss dann dass? Ei, Sie senn jo garnet auf dene Bilder droff, es iss immer nur de Waldi vor de läär Bank. Ei, das gebbts doch gar net. Isch glaab, die Kamera iss kabudd, odder was saan Sie dodezu?"

„Nein, kaputt ist sie nicht, denn sonst wären ja gar keine Bilder entstanden."

„Do hann se nadierlich rechd, awwer dodefor hädd isch sonschd kenn annerie Erklärung."

„Du kennst doch sicher die zehn Gebote."

„Ei joo kenn isch die, awwer was hadd dann das met dene Fotos doo ze duun?"

„Wie lautet denn das erste Gebot, mein Kind?"

Der Küsterin ist deutlich anzumerken, dass sie für derart abwegige Fragen überhaupt kein Verständnis zeigt. „Warum wolle Se das dann jetzt von mir wisse?"

„Weil du dir damit deine Frage selbst beantworten kannst."

„Ach so", erwidert sie und versteht dennoch nicht, was er damit meint. „Ich bin der Herr, dein Gott."

„Richtig, und weiter?"

„Mmh, isch glaab, du sollst keine fremden Götter neben mir haben."

„Ja, und dann?"

„Wie, unn dann?"

„Na ja, da fehlt noch etwas Wichtiges."

Elisabeth schüttelt den Kopf. „Duud ma lääd, awwer meh fallt ma jetzt werklich net in."

„War da nicht auch noch von einem Bildnis die Rede?"

„Richdich, jetzt, wo Ses saan, du sollst dir kein Bildnis machen von ...", sie stockt, überlegt ein paar Sekunden und fährt dann fort, „so richdich fallt ma de Teksd nemee in, awwer ma soll sich scheinbar kenn Bild von Gott mache, odder so."

„Genau."

„Unn warum eichendlich net? Das hann isch nämlich noch nie richdich verschdann."

„Ich will versuchen, es möglichst einfach zu erklären. Die Menschen sind nur in der Lage das zu erkennen, was sie mit ihren Sinnen wahrzunehmen vermögen, aber diese Sinne und der menschliche Verstand sind nun mal auf das irdische Dasein ausgerichtet. Ihr könnt daher nur einen Bruchteil dessen wahrnehmen, was darüber hinaus noch existiert, beispielsweise bestimmte Arten von Schall- oder Lichtwellen."

„Das glaab isch joo, awwer dodevon vaschdehn isch nix. Nur, isch kann Sie doch jetzt aach siehn, unn zwar genau so, wie isch ma de liewe Gott schon immer vorgeschdelld hann, emol von de Jeanshose, de Schuh unn vom Hemd von meine Buwe abgesiehn. Awwer wie isch Sie in de Kerch es erschde mol gesiehn hann, war das exakt das Bild, was isch schonn immer von Ihne im Kopp hodd."

Der liebe Gott nickt. „Und genau aus diesem Grund bin ich dir auch so erschienen, damit du mich überhaupt richtig wahrzunehmen vermagst. Nun stell dir aber mal vor, ich würde einem Moslem, einem Hinduisten oder einem Buddhisten so begegnen. Glaubst du, er könnte mit diesem Gottesbild etwas anfangen?"

Die Küsterin gerät ins Grübeln und schüttelt dann den Kopf. „Nää, net werklich, do müssde Se sich schon ejer als Neecher odder so ausgenn, weil jeder hald e anneres Bild von Ihne im Kopp had, unn kenns wär wahrscheinlich es richdiche, odder?"

„Genau, weil es immer nur ein irdisches Bild wäre, das im Grunde genommen lediglich ein symbolisches menschliches Sinnbild darstellt. Deshalb kann man mich auch nicht mit einer Kamera ablichten."

„Ach so, das iss awwer werklich schaad. Doch jetzt hann ischs wenichsdens verschdann, in etwa wenichdens."

„Gut, dann sollten wir jetzt zum Auto zurückgehen und noch ein bisschen weiterfahren. Das Autofahren macht mir wirklich sehr viel Spaß, und man bekommt dabei auch viel zu sehen."

Und weiter geht ihre Fahrt mit dem alten Käfer nach Homburg und Blieskastel, wo die Ausflügler den Tag mit einem Stadtbummel durch die barocke Altstadt und einem Eis am Schlangenbrunnen ausklingen lassen. Ach ja, und der Waldi wird von seinem Frauchen zur Feier des Tages mit einem leckeren Würstchen verwöhnt, das er im Nu verschlungen hat. Und so neigt sich der zweite Urlaubstag von Mama Elisa und dem lieben Gott langsam dem Ende entgegen.

RICHTUNG NORDEN

„Wo geht es denn heute hin, wenn ich fragen darf?“, sagt der liebe Gott, während Waldi auf seinem Schoß sitzt und neugierig seinen Kopf durch das Seitenfenster des Käfers steckt, sodass seine Dackelohren heftig im Fahrtwind flattern.

„Isch hann mir geschder iwwerleed, dass ma mol an de Bostalsee fahre könnde. Isch wolld joo schon immer emol ganz drumerum schbaziere, awwer das sinn faschd siwwe Kilomeder, wie ma de Erwin fazehld hadd. De Erwin iss nämlich im Pälzer Waldverein unn kennd so ziemlich jeder Wannerwääch im Saarland. Awwer allään hann isch mich nie gedraud, so weid ze gehn. Wenn Se metgehn würde, dann könnde mas jo emol versuche. Was menne se dann dezu?“

„Aber gerne, das schaffen wir Zwei ganz bestimmt.“

„Mmh, awwer was iss dann, wenn de Waldi unnerwägs schlabb machd?"

„Kein Problem, dann trage ich ihn einfach ein Stück, und dich auch, wenn es sein muss."

Die Küsterin kann sich ein Kichern nicht verkneifen. „Do hädde Se awwer viel ze duun. Isch würd saan, mir gehn das ganz gemiedlich aan unn losse uns Zeid debei."

„Ganz genau. Wie weit ist es denn noch bis zum See."

„Na ja, e halb Schdunn ze fahre hamma beschdimmd noch. Do gehts nämlich viel de Berch enuff, unn das machd dem alde Käfer schonn e bissje ze schaffe."

Etwa eine Dreiviertel Stunde später trudeln sie am Seeuferparkplatz ein und steigen aus. Die Sonne scheint und ein strahlend blauer Himmel liegt über dem See. Fast sieht es so aus, als würden die wenigen Schäfchenwolken am Firmament, die sich im Wasser spiegeln, mit den Booten auf dem See um die Wette segeln. Ein herrlicher Anblick, den sie ein paar Minuten genießen, bevor sie sich auf den Weg machen.

„Mir laafe jetzt entgeje em Uhrzeichersinn um de See unn mache dann e Paus im Zenderpark. Dort könne ma dann ebbes esse unn tringge", erklärt Elisabeth dem lieben Gott unterwegs.

Ab und zu legen sie auf einer der Parkbänke entlang des Rundweges eine kurze Verschnaufpause ein und genießen den herrlichen Seeblick, während es Waldi offenbar großen Spaß macht, vom Uferrand aus ein paar Meter hinauszuschwimmen, um ein Stöckchen aus dem Wasser zu holen, das der liebe Gott immer wieder hineinwirft, weil der Vierbeiner sonst einfach keine Ruhe gibt. Ein bisschen unangenehm wird es aber jedesmal, wenn er das Stöckchen stolz vor ihren Füßen ablegt, um sich dann kräftig zu schütteln, womit er der Küsterin und dem lieben Gott ein paar unfreiwillige Duschen beschert. Kurz, bevor sie den Centerpark erreichen, stößt Elisabeth einen schmerzhaften Schrei aus, als sie über einen Stein auf dem Weg stolpert und ihr Fuß dabei umknickt. Zum Glück ist weiter nichts Schlimmeres passiert, aber sie kann vor Schmerzen nicht mehr richtig auftreten. Ein Sanitäter im Park reibt ihr das leicht geschwollene Fußgelenk mit einer Salbe ein und legt ihr sicherheitshalber noch einen Stützverband an.

„So, meh kann isch net mache, awwer das iss aach net weider schlimm. Schoone Se de Fuß ganz äänfach e paar Schdunn, unn morje iss alles vergess", sagt er.

Doch Elisabeth ist völlig aufgelöst. „Ach du liewe Zeid, wie soll isch dann dene Fuß so lang schone, mir misse jo aach noch zerick ans Audo. Was mache ma dann jetzt?"

„Soll isch de Krangewaan rufe?"

„Nää, of kennem Fall, mir misse jo wedder hemm noo Neinkeije, also net das Neinkeije doo bei eich in de Näh, sondern in die Schdadd Neinkeije."

„Au, so weid? Das geht nadierlich net mem Krangewaan, der würd Sie högschdens ins nägschde Krankehaus fahre. Passe Se emol of, am beschde leije Se sich graad do e Familjeraad odder noch besser e kläänes E-Audo, dann wär das Problem nämlich ganz fix gelöösd."

„Das iss werklich e guudie Idee. Awwer isch hann noch nie so e E-Audo gefahr, unn ob das met meim Fuß graad so guud geht?"

„Schdelle Se sich doch net so aan, Sie hann doch e Mann debei, der das Ding fahre kann", erwidert der Sanitäter.

„Vollkommen richtig", pflichtet ihm der liebe Gott bei, der offenbar die ersehnte Chance auf einen Platz hinter dem Lenkrad wittert. Eine kurze Einweisung am Verleihcenter genügt ihm vollkommen, und schon düst er mit einem Affenzahn auf dem Seeweg los in Richtung Parkplatz, den sie eine Viertelstunde später erreichen. „Schade", seufzt er, „wollen wir vielleicht noch ne Runde um den See fahren?"

„Nää, um Himmels Wille", stöhnt die Küsterin, „mir müsse jetzt gugge, dass ma met em Käfer heil hemm komme, awwer mir duud de Fuß immer noch e bissje weh, dass isch noch net selbschd ze fahre traue. Ei was mache ma dann bloß?"

„Kein Problem, dann werde ich ihn halt fahren. Schließlich habe ich ja gerade eben meine Fahrkünste unter Beweis gestellt."

„Unn wie", stöhnt Elisabeth erneut auf. „Um mei Lääwe hann isch gezidderd, unn um das von einiche Fußgänger aach. Zwäämol wäre ma faschd im See geland, unn äänmol konnd e Fußgänger graad noch e Satz of die Seid mache, sonschd hädde Se ne bees erwischd."

„Na ja, der ist aber auch ständig von links nach rechts über den Weg und hat nicht richtig aufgepasst", versucht der liebe Gott zu beschwichtigen.

„Awwer e Käfer is kenn Elektroaudo, do muss ma kubbele unn schalde unn die Verkehrsreechele beachde. Außerdem iss das aach net erlaubt, jemand ohne Führerschein fahre ze losse."

„Auch nicht den lieben Gott?", bekommt sie zur Antwort.

„Mmh, wie in dem Fall die Reechele senn, das wääs isch werklich net. Vielleicht gebbds joo fa so was e Ausnahm. Egal, ma müsse joo schließlich hemm, unn Sie in Ihrer Position könne doch ganz beschdimmd defür sorje, das nix passiert, odder?"

„Nun, mein Kind, ich werde mir selbstverständlich allergrößte Mühe geben, das nichts passiert, aber wenn du an ein Wunder denken solltest, das ist nicht möglich, jedenfalls nicht, wenn ich in einem menschlichen Körper unterwegs bin, denn dann gelten auch für mich die irdischen Einschränkungen genau so, wie für jeden anderen. Verstehst du, was ich meine?"

Die Küsterin starrt ihn ein paar Sekunden völlig erstaunt an und nickt schließlich. „Das iss wohl so wie bei dem arme Herr Jesus, dene se vor iwwer zwäädausend Joor ans Kreiz genacheld hann, odder?"

„Genau so."

„Na guud, es werd schon ball dunggel unn es iss ohnehin heit wenich Vakehr of de Schdrooß. Mir riskiere es hald, awwer vorher dräje ma of em Parkplatz sicherheitshalwer e paar Üwungsrunde, damit Se wenichdens e bissje e Fahrgefühl krien. Sie müsse awwer immer ganz genau das mache, was isch Ihne saan, sonschd werd das nix."

„Einverstanden", sagt der liebe Gott und setzt sich sofort hinter das Steuer, weil er es offenbar kaum abwarten kann, den betagten Käfer selbst zu steuern.

Die ersten Versuche kommen einer kleinen Katastrophe gleich, mal würgt er den Motor ab, dann macht der Wagen einen Satz nach vorne, weil er den Fuß zu schnell von der Kupplung nimmt, und mal vergisst er diese beim Schalten zu betätigen, sodass das Getriebe heftig kracht und knirscht. Elisabeth ist dem Verzweifeln nahe und lässt ihn immer wieder eine Runde über den zum Glück fast leeren Parkplatz drehen, weil sie mit ihrem göttlichen Fahrschüler noch immer unzufrieden ist, bis der sich kurz entschlossen selbst auf die Straße wagt und den Käfer in Richtung Heimat steuert, angeleitet von einer völlig entnervten Beifahrerin, während sich Waldi mit angelegten Ohren sicherheitshalber auf den Rücksitz zurückgezogen hat und sich dort wie eine Kugel einzurollen versucht. Nach über zwei schier endlos langen Stunden erreichen sie tatsächlich unversehrt den Heimathafen. Die Küsterin wankt schweißgebadet ins Haus und wirft sich, noch immer heftig nach Atem ringend, in einen der Wohnzimmersessel.

„Oh Gott, oh Gott", stöhnt sie immer wieder, „wenn isch das do jemand fazehle würd, das würd mir ganz beschdimmd kenner glaawe."

„Und warum nicht? Es ist doch schließlich alles gut gegangen", erwidert der liebe Gott, unverkennbar ein kleines bisschen enttäuscht über die Reaktion seiner Begleiterin.

„Ei, isch müssd doch de Leid dann ehrlicherweis saan, das isch mem liewe Gott e Deiwelsritt mem Audo gemacht hann, bei dem isch faschd dausend Doode geschdorb bin."

Jetzt kann sich auch der liebe Gott ein Schmunzeln nicht verkneifen. „War es denn wirklich so schlimm?", fragt er. „Fehlt dir nicht auch ein kleines bisschen Gottvertrauen?"

Beschämt senkt die Küsterin den Kopf. „Joo, isch glaab, Sie hann recht, awwer es war werklich e gruselischie Fahrt. Duud ma lääd, wenn isch das so saan muss. Na ja, Ihne fähld hald schonn e bissje Fahrpraxis."

„Richtig. Vielleicht können wir das morgen ja noch ein bisschen weiter vertiefen."

„Um Himmels Wille, blooß net, so ebbes würd isch kenn zwäddes Mol iwwerlääwe. Isch glaab, isch muss mich aach gleich ins Bett leje. De Fuß duud ma immer noch e bissje weh, awwer zum Gligg nemmee so schlimm. Könnde Sie vielleicht nohäär noch e kläänie Runde met em Waldi mache? Doo wäär isch werklich froh drum."

„Aber selbstverständlich. Leg dich ruhig hin und schlaf dich tüchtig aus. Du wirst sehen, morgen sieht die Welt schon wieder ganz anders aus."

„Ihr Wort in Gottes Ohr", entfährt es Elisabeth, die sich sofort für diesen Lapsus entschuldigt.

„Kein Grund, denn dein Wort ist ja schließlich in Gottes Ohr gedrungen."

Die Küsterin ringt sich noch ein quälendes Lächeln ab und zieht sich danach gleich in ihr Schlafzimmer zurück, während der liebe Gott mit Waldi das Haus verlässt. Zwei Nachbarinnen auf der anderen Straßenseite sehen ihn aus der Wohnung der Küsterin kommen, und schon geht ein nicht anders zu erwartendes Getratsche los.

„Haschde gesiehn, Inge, weene der fremde Kerl doo bei sich had?"

„Das glaabschde awwer, Marianne, das iss doch em Mama Elisa sei Waldi."

„Ei joo iss das de Waldi."

„Awwer was iss dann das fa e Kerl? Deene hann isch doo noch nie gesiehn."

„Isch aach net", erwidert Marianne. „Mennschde, es Elisa hädd ne sich geangeld?"

Inge zuckt mit den Schultern. „Wer wääs? Zutraue würd ischs em awwer."

„Em Elisa? Ei saa mol, das schafft doch bei de Kerch unn iss joo aach nemee es Jüngschde."

„Heer ma bloß of met dene von de Kerch, das senn meichdens die Schlimmschde."

„Menschde werklich? Nää, das glaab isch net vom Elisa. Unn dann aach noch ääner met lange Hoor. Beschdimmd so e Möchtegern-Künschdler. Vielleicht e Mussiger?"

„Ich saan joo immer, trau schau wem, so hääsd das net umsonschd. Awwer dodezu saan isch jetzt nix meh."

„Unn isch aach net. Soo, jetzt muss isch awwer dabber eninn. Heit Oohmd kommd noch e doller Schbäädfilm im Dritte. Isch bin aach emol geschbannd, was de Hans druff saad, wenn isch em das doo vom Elisa fazehle."

„Unn meiner werd aach ganz scheen die Aue offreiße, grad weil a immer so viel vom Elisa gehall hat."

„Joo, die Männer, dene kannschde hald alles vormache. Ei genaachd dann, Inge."

„Genaachd, Marianne, unn schloof guud."

AM VIERTEN TAG

„Na, geht es dir heute Morgen wieder besser, mein Kind?", fragt der liebe Gott, als er mit Waldi vom Gassigehen zurückkommt.

Elisabeth, die zwischenzeitlich den Frühstückstisch gedeckt hat, nickt. „Joo, isch hann de Fuß geschder noch met Salb inngerieb, unn die hadd werklich guud geholf. Isch merge emol nix mee beim Offträäde."

„Sehr schön. Du solltest den Fuß aber dennoch ein bisschen schonen. Wollen wir heute zu Hause bleiben?"

„Nää, isch muss jo morje wedder schaffe gehn, unn de ledschde Urlaubsdaa losse mir uns doch net von so nem Pippikram versaue. Awwer allzu viel laafe duun isch werklich besser net. Ma mache äänfach mee met em Audo. Vielleicht no Saarbrigge, das iss schließlich die Hauptschdadd vom Saarland, unn dodenoo noch an die

Saarschleif, das iss es Wahrzeiche vom Saarland. Senn Se dodemet inverschdann?"

Der liebe Gott nickt zustimmend. „Und wer von uns beiden fährt?", fragt er erwartungsvoll.

Die Küsterin muss unwillkürlich schmunzeln. „Off jedem Fall isch, Sie hann jo geschder schonn ihr Schbass gehadd ... unn isch aach", prustet sie plötzlich los, was auch beim lieben Gott heftiges Lachen auslöst.

„Ich gebe zu, das war wohl noch nicht wirklich perfekt."

„Perfekt, saan Sie? Nää, das wars werklich net, das war ejer wie e Fahrd of de Geischderbahn, so äänie wie of de Kerb menn isch."

Eine gute Stunde später sitzen sie im Auto und steuern ein Parkhaus in der Landeshauptstadt an. Von hier aus ist es nicht weit bis zum St. Johanner Markt, dem Staatstheater und dem Saarufer, an dem sie sich auf eine der Parkbänke setzen und dem Treiben auf den Saarwiesen und den fahrenden Booten auf der Saar eine Weile zuschauen. Danach flanieren sie über die alte Brücke hinauf zum Schloss, genießen den Ausblick über die Stadt und gönnen sich noch eine kleine Erfrischung in einem der Lokale am St. Johanner Markt. Auf dem Weg zurück ins Parkhaus fällt ihnen ein älterer Mann in abgetragenen Kleidern auf, der laut fluchend und an allen Gliedern zitternd auf einer Bank sitzt.

„Ei was iss dann met Ihne los? Kamma Ihne vielleichd helfe?", spricht ihn die Küsterin besorgt an.

„Helfe? Nää, mir kann kenner helfe. Beklaud hann se mich, unn dass war net es erschde mol."

„Beklaud? Unn wer?"

„Wenn isch das wüssd. Isch hann wie immer met de Mundharmonika in de Näh vom Brunne gesetzd unn e bissje Mussig gemachd. Vor mir hodd isch e Plastigbecher schdehn, wo die Leid ma e bissje Geld eninnwerfe konnde. Es war e richdich guuder Daa fa mich, unn isch hodd beschdimmd so an die zehn Euro zesamme. Dodevon hann isch ma dann e Fleischkäsweck kaaf unn mich e bissje dohin gehuggd. Middaspaus hald, unn de Becher hodd isch nääwe mir of de Bank schdehn. Dann bin isch e bissje ingeniggd, unn wie isch eewe wedder wach woor bin, war de Becher met em ganze Geld weg unn mei Mundharmonika aach. Wie soll isch dann jetzt weider mache, ohne Mussig schbiele ze könne. Die Leid werre sowieso immer kniggischer, unn wenn de nur so erum huggschd, dann kriechde iwwerhaupt nix meh von de Leid."

„Ach Gott, das iss awwer werklich schlimm", erwidert die Küsterin.

„Gott? Heere Se ma bloß of met Gott, es gebbt kenn Gott."

„Ei, wie könne Se dann so was bloß saan. Nadierlich gebbts e Gott. Gugge Se doch nur mol nääwer mich."

Der Penner starrt zuerst die Frau und dann ihren Begleiter entgeistert an.

„Unn jetzt? Wo issa dann, ihr Gott?"

Der liebe Gott deutet seiner Begleiterin an, zu schweigen und spricht den Mann betont freundlich an. „Glauben Sie denn nicht, dass es einen Gott gibt?"

„Oh, der feine Herr spricht hochdeutsch", versucht der ihn nachzuäffen. „Nää, mei Guuder, es gebbt kenn Gott?"

„Und woher wissen Sie das so genau?"

„Ganz äänfach. Gugg dich doch emol in de Weldgeschichd um. Iwwerall nur Gauner unn Verbrecher, nur Mord unn Doodschlaach."

„Und was hat das mit Gott zu tun, wenn ich fragen darf?"

„Wenn isch das schon heere, wenn ich fragen darf. Joo, du derfschd frooe. Pass emol off, wenns tatsächlich e Gott gääb, glaabschd dann du, dass der das alles so zulosse würd?"

„Und was sollte er dagegen tun, deiner Meinung nach?"

„Ei, dass kann isch dir saan. Wenn isch de liewe Gott wär, wie se ne gääre nenne, bei mir gääbs jedenfalls kenn Verbrecher."

„Und was wäre mit denen?"

„Es gääb äänfach kenn, hann isch doch graad gesaad. Vaschdechsde das dann net?"

Die Küsterin will dem Penner immer wieder ins Wort fallen und ihm verbieten, den lieben Gott so unflätig zu duzen, doch der deutet ihr an, den aufgebrachten Mann einfach weiterreden zu lassen.

„Es gäbe also ausnahmslos nur gute Menschen, wenn ich das richtig verstehe, oder?", erwidert er ihm.

„Genau, jetzt haschdes verschdann."

„Aber jeder Mensch hat doch einen freien Willen und kann tun und lassen, was er will."

„Awwer genau das iss doch es Problem", schreit ihn der Penner an. Man spürt, dass er sich mit jedem Satz mehr in Rage geredet hat.

„Aber du kannst doch auch tun und lassen, was du willst. Du musst nur die Konsequenzen dafür tragen. Ich nehme an, du bist nicht ohne Grund in diese missliche Situation geraten. Ich meine damit nicht nur den Diebstahl eben, sondern deine ganzen Lebensumstände, oder etwa nicht?"

Der Penner wird schlagartig still, nur ein paar Sekunden, doch dann bricht es aus ihm heraus. Schluchzend erzählt er, dass er noch vor ein paar Jahren einen gut gehenden Beruf hatte, glücklich verheiratet war und Vater von zwei Söhnen, von denen der eine ein guter Junge sei, während der andere schon sehr früh auf die schiefe Bahn geraten wäre, mit Drogen gehandelt habe und immer wieder mit dem Gesetz in Konflikt geraten sei, weswegen er auch im Gefängnis sitzen würde. Einen Berg von Schulden habe er damit angehäuft. Doch da der Sohn selbst über kein Einkommen oder Vermögen verfüge, habe er sich als fürsorglicher Vater verpflichtet gefühlt, dem Jungen zu helfen und seine Schulden so gut es geht für ihn zu tilgen, aber dabei habe er seinen Job derart vernachlässigt, dass ihm eines Tages gekündigt worden sei. „Unn dann iss es erschd richdich losgang. Zeerschd gings Haus flöde, dann hann isch aangefang ze dringge unn dann iss ma mei Fraa aach noch met eme annere abgehau. So, jetzt wisse na alles, unn jetzt frooe isch eich noch emol, wo war dann do de liewe Gott?"

„Und was hast du falsch gemacht, bei der Erziehung deines gescheiterten Sohnes, meine ich?"

„Falsch gemachd? Nix hann isch falsch gemachd. Dene hamma genau so guud erzoo wie de annere aach. Do hadds kenn Unnerschiede gebb, bei de Erziejung."

„Nun, dann hättest du dem Ungeratenen halt diese Schandtaten verbieten müssen", erwidert der liebe Gott seelenruhig, worauf der Penner heftig abwinkt.

„Du haschd vielleicht guud schwäddse, was mennschd dann du, wie oft mei Fraa unn isch dene zerechtgeschdutzd hann, wie er noch bei uns dehemm war. Genutzt hats awwer iwwerhaupd nix."

„Mmh, dann hättest du halt andere Maßnahmen ergreifen müssen."

„Annere Maßnahme? Was dann fa annere Maßnahme, du Dummschwäddser."

„Keine Ahnung, du bist doch der Verantwortliche für seine Untaten."

„Isch? Isch glaab, es geht los. Wie kommschd dann du of so e Bleedsinn?"

„Ganz einfach, wenn du Gottvater pauschal für die Schandtaten der Menschen verantwortlich machen willst, dann kann man dir das als leiblichem Vater bezogen auf deinen eigenen Sohn genau so gut vorwerfen. Wo warst denn du, als er seine Schandtaten verübt hat? Und daher behaupte auch ich jetzt einfach, dass es dich überhaupt nicht gibt."

Sein Gegenüber ist eine Weile sprachlos, dann schüttelt er den Kopf. „So ein Mist hann isch werklich noch net geheerd. Jetzt heer awwer of met dem dumme Geschwädds. Was hädd isch dann mache solle, isch hädd ne entweder lebenslänglich inschberre odder umbringe müsse, denn der hädd nie im Lääwe of mich geheerd. Dann mach doch was de willschd, hann isch domols zum gesaad unn ne dehemm erausgeworf."

„Und genau das hat er offenbar auch getan, nämlich gemacht, was er gewollt hat, meine ich, und dafür ist keiner sonst verantwortlich als du, mein Lieber."

„Oh nää, mei liewer Herr, soo net, jeder kann doch duun unn losse, was er will."

„Genau das sagte ich eingangs, aber jeder ist dann auch selbst für sein Tun und Lassen verantwortlich, jedenfalls als erwachsener Mensch."

„Doo muss isch da jetzt werklich emol rechd genn." Es ist deutlich zu spüren, dass der Dialog mit dem lieben Gott, dessen Existenz er gerade lebhaft bezweifelt hat, ohne zu wissen, mit wem er da eigentlich spricht, dem Bestohlenen gehörig zu denken gibt. Die Küsterin nützt die Gelegenheit und zückt aus ihrem Geldbeutel vierzig Euro.

„Jetzt passe Se emol of, met dem Geld doo kaafe se sich im Mussiggeschäft e neiie Mundharmonika, unn dann müssde eichendlich aach noch e paar Euro fa ebbes ze esse unn ze drinke iwwerrich bleiwe. Meh kann isch Ihne leider net genn, awwer das Geld kriehn Se nur, wenn Se ma aach vaschbreche, dass Se nohäär noch dohinne in die Kerch gehn unn sich beim liewe Gott endschuldiche. Wolle Se das aach werklich mache?"

„Fa Geld mach isch aach so was, wenn Se unbedingd wolle", erhält sie zur Antwort.

Der liebe Gott schüttelt den Kopf. „Ich glaube, viel wichtiger, als sich zu entschuldigen, wäre es, für den missratenen Sohn zu beten, damit er möglichst bald wieder auf den Pfad der Tugend zurückfindet."

Sein Gegenüber hat plötzlich Tränen in den Augen. Er nickt stumm, nimmt das Geld, drückt der Küsterin zum Dank die Hände und macht sich dann auf den Weg, während seine Gesprächspartner mit Waldi wieder in den Käfer steigen und weiterfahren. Die redselige Küsterin, die ihrem Beifahrer ansonsten gerne die Sehenswürdigkeiten entlang der Fahrtstrecke erklärt, ist merkwürdig still geworden. Saarabwärts geht ihre Fahrt nach Saarlouis, wo sie in der Nähe vom großen Markt anhalten und noch ein bisschen durch die Altstadt schlendern.

„Sehr schön ist es hier", sagt der liebe Gott. „Auch in Saarbrücken hat es mir gut gefallen. Aber wir sollten das Gehen nicht übertreiben. Hast du noch Schmerzen, Elisabeth?"

Die Küsterin schüttelt schmunzelnd den Kopf.

„Warum lächelst du denn so?"

„Ei, weil Se mich jetzt es erschde mol met meim Vorname aangeschwäddsd unn net mein Kind zu ma gesaad hann."

„Ach so, wäre dir das denn lieber?"

Elisabeth überlegt eine Weile, dann erwidert sie: „Am Aanfang hadds mich schon e bissje geschdeerd, wenn isch ehrlich senn soll. Awwer jetzt gefallds ma eichendlich. Ma fühld sich dann werklich wie e kläänes Kind, so beschützd unn umsorchd, joo, das gefallt ma werklich."

Jetzt muss der liebe Gott schmunzeln. „Schön, dann bleiben wir doch einfach dabei."

„Gäre", erwidert die Küsterin. „Derf isch mich eichendlich bei Ihne e bissje im Arm inhängge, isch glaab, meim Fuß würd das jetzt ganz guud duun. Ma gehn am beschde aach wedder zerick ans Audo unn fahre weider an die Saarschleif, sonschd werds zu schbääd, bis ma hinkomme."

Etwa eine Stunde später hat das Trio sein Ziel erreicht, steuert den Parkplatz an der Cloef an und spaziert zum Aussichtspunkt im Scheitel der Saarschleife, wo sie vom Felsvorsprung aus einen herrlichen Blick hinunter ins Saartal genießen.

„Wisse Se was, jetzt gehn mir aach noch mem Waldi enuff of de Baumwipfelpfad, so hääsd der glaab isch. Von dort owwe soll ma noch e scheenerie Aussichd hann wie von doo. Würd Ihne das net aach noch Schbass mache?"

Der liebe Gott nickt. „Ja, und ich glaube, das ist auch genau der richtige Ort, um Abschied zu nehmen", sagt er.

Seine Begleiterin starrt ihn merklich enttäuscht an. „Abschied, Sie wolle mich doch net schon wedder valosse? Graad jetzt, wo´s soo scheen iss."

„Doch, mein Kind, denn auf mich warten noch andere wichtige Dinge", erwidert der liebe Gott vielsagend.

„Das iss awwer schaad. Isch wolld nämlich heit Oomd richdich was Feines fa uns koche, unn de Waldi hädd aach e bissje was devonn abkrieht. Awwer was senn muss, muss hald senn. Isch wolld Ihne gäre nur noch ääns metgenn no Owwe, wenn isch derf."

„Und das wäre?"

„Ei, das was der Mann in Saarbrigge heit Middaa gesaad hat, isch menn, dass iwwer die Bosheid von de Mensche. Isch würd ma eichendlich aach wünsche, wenn die Mensche annerschd wäre, net so unfreindlich unn aggressiv, net so gewaldtädich unn grausam geje ihr Mitmensche unn geje die arme Tiere."

„Ein sehr guter Wunsch. Auch ich würde mir nichts sehnlicher wünschen, mein Kind."

Die Küsterin zögert ein paar Sekunden, dann fährt sie fort: „Awwer wenn Se doch de Allmächdiche senn, wie ma so scheen saad, dann könnde Se doch dodebei vielleicht es bissje noohelfe, oder net?"

Lächelnd schüttelt der liebe Gott den Kopf. „Weißt du, die ganze Schöpfung zielt darauf ab, dass die Menschen sich die Erde untertan machen, und dazu brauchen sie auch einen freien Willen, um alles in ihrem Leben so gestalten zu können, wie sie es für richtig halten. Genau so, wie auch ich das Universum mit allen Lebewesen erschaffen haben, nach unumstößlichen Regeln, von denen die Liebe als die wichtigste gilt, die Liebe und Fürsorge für alle Geschöpfe auf diesem Planeten. Die Aufgabe aller Menschen ist es daher, auch ihr Wirken darauf auszurichten, denn dann hätten alle den Himmel hier auf Erden, mein Kind.“

„Awwer Sie könnde doch sicher de freie Wille inschrängge, wenichdens e bissje.“

„Wo sollte er denn aufhören, und glaubst du, dass es dann noch ein freier Wille wäre?

Elisabeth überlegt eine Weile. „Unn wenn Se ne ganz inschrängge würde?“

„Das würde einer kompletten Auslöschung dieser Schöpfung gleichkommen, mit allem, was dazugehört, auch dich, deine Söhne, den Waldi und das Universum betreffend. Möchtest du das wirklich?“

Die Küsterin schweigt betreten und schüttelt den Kopf. Inzwischen sind sie ganz oben auf der Aussichtsplattform vom Baumwipfelpfad angekommen, wo sich ihnen ein atemberaubender

Anblick über die Saarschleife und die malerische Landschaft bietet. Eine grau-weiße Wolkenschicht hat sich in weiten Teilen unmittelbar über den Fluss gelegt und verleiht der Saar damit fast ein bisschen den Anblick eines wild schäumenden Flusses. Niemand außer ihnen ist auf der Plattform, sodass sie dieses einzigartige Naturschauspiel ungestört genießen können. Ein Schauer läuft Elisabeth dabei über den Rücken. *Wie scheen die Weld doch iss. Unn sie könnd noch viel scheener senn, wenn alle Mensche in Ruh unn Friede metenanner lääwe würde. Vielleicht werds joo doch noch was, irchendwann,* sinniert sie. Dann richtet sie den Blick nach Süden und sagt: „Siehn Se die Berje ganz weit dort hinne? Wenn mich net alles täuscht, müssde das die Wogeese senn. Die in Frankreich menn isch, dort wo ma angeblich so guud lääbt wie Gott in Frankreich. Sie müssde doch eichendlich am beschde wisse, woher der Schbruch kommd, odder?" Doch sie erhält keine Antwort darauf. Als sie sich nach dem lieben Gott umdrehen will, ist außer Dackel Waldi weit und breit niemand sonst zu sehen. Entsetzt schlägt sie die Hände vors Gesicht. Ihre klagenden Rufe: „Ach du liewer Gott, wo senn Se dann nur?", verhallen ungehört im Wind. Sie wirft einen Blick hinab in die Tiefe, die ihr mit einem Schlag schier endlos erscheint. Ihr wird plötzlich schwarz vor Augen und ein heftiges Schwindelgefühl lässt sie zu Boden taumeln.

RÜCKKEHR

„Ich bin ja bei Ihnen, Elisabeth", hört sie eine Stimme sagen. Noch ganz benommen öffnet sie ihre Augen wieder und sieht den Pfarrer mit sorgenvollen Blicken über sich gebeugt. Ihr Schädel brummt fürchterlich. Erst jetzt bemerkt sie, dass sie vor dem Altar der Marienkirche auf dem Boden liegt. Ein Messdiener kommt mit einem Glas Wasser herbeigerannt und reicht es dem Pfarrer, der ihr vorsichtig den Kopf etwas anhebt und ihr das Glas an die Lippen setzt.

„Trinken Sie erst mal etwas", sagt er.

„Was iss dann bloß passiert?", fragt sie.

„Ich habe es zwar nicht selbst gesehen, aber ich fürchte, Sie sind auf den Altarstufen ausgerutscht und rücklings auf den Boden gefallen. Zum Glück auf den Teppich, sodass der Sturz zumindest ein bisschen gedämpft worden ist. Eine Wunde am Kopf kann ich jedenfalls nicht erkennen. Sie müssen offenbar schon eine ganze Weile hier gelegen haben, denn ich habe Sie im Pfarrhaus und in der Sakristei vergeblich gesucht. Erst als ich Sie immer wieder habe rufen hören *Ach du liewer Gott, wo senn Se dann nur?*, habe ich Sie hier gefunden. Soll ich einen Arzt und einen Krankenwagen kommen lassen?"

Doch die Küsterin winkt entschieden ab und richtet sich mit seiner Hilfe wieder auf. „Nää, nää, of kennem Fall. Isch hann nur noch e bissje Koppweh, sonschd fääld mir werklich nix. Außerdem muss isch joo aach noch die Mess vorbereide."

„Das auf gar keinen Fall, das werden die Messdiener und ich erledigen, und Sie kommen mit in die Pfarrwohnung und legen sich dort ein bisschen hin. Sie sollten auch noch eine Kopfschmerztablette einnehmen, und wenn die Schmerzen in spätestens einer halben Stunde nicht nachgelassen haben, dann rufe ich auf jeden Fall einen Arzt. Sagen Sie mir bitte nur noch, was Ihre lauten Rufe nach Gott eben zu bedeuten hatten."

Die Küsterin überlegt einen kurzen Moment, dann ringt sie sich ein gequältes Lächeln ab und schüttelt den Kopf. „Das kann isch Ihne beim beschde Wille net saan", erwidert sie, „awwer isch hann beim Hinfalle plötzlich Schderne gesiehn unn was wääs isch net sonschd noch alles. So ebbes passierd hald, wenn ma of de Kopp gefall iss."

NACHWORT

So, das war sie, meine Geschichte *vom liewe Gott im Saarland*. Ich hoffe sehr, dass Sie Ihnen ein bisschen gefallen und Sie an der einen oder anderen Stelle zum Schmunzeln oder gar zum Lachen gebracht hat. Das würde mich jedenfalls sehr freuen.

Genau so gut fände ich es aber auch, wenn ich Sie zudem ein kleines bisschen zum Nachdenken angeregt hätte, zum Nachdenken über Gott und die Welt sowie über den Sinn des Lebens. Das würde uns allen sicherlich ganz gut tun, auch wenn wir dabei sicherlich nicht auf alle Fragen, die uns in den Sinn kämen, eine zufriedenstellende Antwort finden würden.

Ob es einen Gott tatsächlich gibt, diesen Beweis wird wohl niemals jemand erbringen können, doch das gilt gleichermaßen auch für einen gegenteiligen Beweis. Jeder von uns muss das für sich selbst entscheiden, so oder so. Und jede Entscheidung basiert letztlich nur auf Glauben, so oder so.

Lassen Sie sich daher bitte nicht von selbst ernannten Besserwissern einreden, der Glaube an einen göttlichen Schöpfer entbehre jeder Grundlage und das Universum mit seinen Naturgesetzen könne rein wissenschaftlich erklärt werden. Sicher ist jedenfalls nur, dass wir mit unseren menschlich begrenzten Sinnen und unserem ebenso begrenzten Verstand die Welt wohl nie umfassend zu erklären vermögen, obwohl, oder vielleicht gerade deswegen, weil sich unsere Erkenntnisse darüber praktisch jeden Tag erweitern und weil wir zum Teil auch lange als sicher geltende Annahmen immer wieder mal revidieren müssen. Irren ist menschlich, und das gilt selbst für die größten Genies, die sich durchaus nicht selten über den angeblich naiven Glauben an einen Gott lächelnd hinwegzusetzen pflegen und Andersdenkenden die dafür notwendige Intelligenz absprechen oder ihnen einen fehlenden Weitblick unterstellen.

Hüten Sie sich aber auch vor denjenigen, die Ihnen ein ewiges Leben in der Hölle prophezeihen, wenn Sie nicht bedingungslos an einen Gott im Sinne einer bestimmten religiösen Weltanschauung glauben, gleich welcher Religion wohlgemerkt.

Wenn es einen Gott gibt, und davon bin ich fest überzeugt, wird es sicherlich ein gütiger und gerechter Gott sein, der uns an unseren Taten und Untaten zu Lebzeiten messen wird. Ob, und wenn ja, mit welchen Konsquenzen das möglicherweise verbunden sein könnte, damit habe ich mich in einigen anderen Büchern zu beschäftigen versucht, als Suchender wohlgemerkt und keineswegs als Wissender.

Werfen Sie bei grundsätzlichem Interesse an dieser speziellen Thematik doch einfach mal einen Blick in den folgenden Anhang. Vielleicht interessieren Sie sich ja für weitere Gedankengänge meinerseits darüber. Das würde mich freuen.

Wie auch immer, ich wünsche Ihnen, so oder so, ein möglichst schönes und friedliches, vor allem aber ein liebevolles Leben auf unserem Heimatplaneten Erde. Besuchen Sie doch einfach mal unser schönes Saarland, falls Sie es noch nicht kennen sollten. Ich denke, es lohnt sich auf jeden Fall, so oder so.

ANHANG

Weitere Bücher mit spirituellen Themen

Es geschah am achten Tag

Verlag Books on Demand GmbH

In der Schöpfungsgeschichte wird darüber berichtet, wie der liebe Gott die Welt in sechs Tagen erschaffen und sich am siebten Tag von den Strapazen ausgeruht hat. Aber was geschah eigentlich am achten Tag und was hat das mit dem Saarland zu tun? In dieser wahrhaft unglaublichen Geschichte wird das Geheimnis gelüftet.

Geh den Weg zu Ende

Verlag CreateSpace Independent Publishing Platform

Ein Mann lässt bei einem Spaziergang in trister Novemberatmosphäre sein bisheriges Leben Revue passieren, dem er aufgrund von vielfältigen Problemen und Belastungen nur wenig abgewinnen kann. Dabei wird er von einem Auto erfasst und findet sich plötzlich im Jenseits wieder. Seine phantastischen Erlebnisse in einer völlig anderen Dimension lassen ihn sein Schicksal daraufhin in einem anderen Licht erscheinen.

Jenseits in Eden
Verlag Books on Demand GmbH

Ein Mann hat seinen gut bezahlten Job aufgrund von Alkohol- und Geldproblemen verloren. Zudem steht ihm ein Prozess wegen Korruption bevor, der seine berufliche Zukunft endgültig zu zerstören droht. Die Schuld an dieser tragischen Entwicklung gibt er seiner Frau, die ihn mit anderen Männern betrogen hat. Er beschließt, sich an ihr zu rächen und lauert ihr mit einem Wagen auf, um sie zu überfahren. Doch in letzter Sekunde reißt er das Steuer des Wagens herum, worauf dieser sich überschlägt und eine steile Böschung hinabstürzt. Was danach passiert, lässt sich mit Worten kaum beschreiben.

Nebel auf dem Weg
Verlag Books on Demand GmbH

Der ehemalige Architekt Christian Stein steckt seit Jahren in einer schweren Lebenskrise, ausgelöst durch den Tod seines Sohnes, der ihn völlig aus der Bahn warf und beruflich scheitern ließ. Zudem wurde seine Frau Opfer eines mysteriösen Verkehrsunfalls, an dem er sich mitschuldig fühlt. Auch der Kontakt zu seiner Tochter ist seit längerer Zeit abgebrochen. Verzweifelt sucht er nach einem Ausweg, um seiner Einsamkeit zu entrinnen. Bei einem Abendspaziergang führt ihn sein Weg an einer alten Fachwerkbrücke vorbei, die für ihn in Kindertagen Abenteuerspielplatz für waghalsige Kletterpartien und später heimlicher Treffpunkt mit seiner Jugendliebe war. Wehmütigen Erinnerungen an längst vergangene Zeiten folgend klettert er noch einmal die Brücke hinauf. Dies löst ein außergewöhnliches Erlebnis für ihn aus.

Geisterpost
Verlag Books on Demand GmbH

Eine spannende Geschichte aus den fünfziger Jahren, zur Zeit der wirtschaftlichen Angliederung des Saarlandes an Frankreich.

Eine Frau in den mittleren Jahren kann nach dem Tod ihres Mannes von der kleinen Witwenrente alleine nicht leben. Seine Lebensversicherung, die er zu ihren Gunsten abgeschlossen hatte, wurde ein paar Jahre vor seinem Tod gekündigt, doch das ausgezahlte Geld ist spurlos verschwunden. Sie nimmt daher eine Arbeit in einem Waisenhaus an und schließt dort ein kleines Mädchen in ihr Herz. Doch haben ihre Bemühungen, das Kind bei sich zu Hause aufnehmen, auch Erfolg?

Auf unerklärliche Weise tauchen nach einiger Zeit Briefe ihres verstorbenen Mannes auf, in denen er ihr ein dunkles Geheimnis verrät. Die Briefe sind echt und wurden erst nach seinem Tod verfasst, aber kann der Geist eines Verstorbenen tatsächlich noch Briefe schreiben? Entsprechen seine Angaben auch der Wahrheit und von wem wurde ihr die Post übermittelt? Viele Fragen, auf die sie verzweifelt eine Antwort zu finden versucht.

Josefs Hütte

Verlag Books on Demand GmbH

zum kostenlosen Download auf allen Buchportalen im Internet

Maria Behrmann, Leiterin der Forschungs- und Entwicklungsabteilung eines großen Unternehmens, gerät eines Tages in einem Park mit einem fremden Mann in Streit und ergreift, von seinem Benehmen völlig entnervt, schließlich die Flucht vor ihm. Doch am nächsten Abend steht der Fremde plötzlich vor ihrer Wohnungstür. Eine Begegnung, die ihr bisheriges Leben völlig verändern wird.

Wer gerne noch etwas mehr von mir lesen möchte, dem sei ein Besuch auf meiner Autorenseite bei Amazon empfohlen. Werfen Sie dort doch einfach mal einen Blick in meine Schmökerkiste, um zu erfahren, was ich sonst noch alles geschrieben habe. Zwei spannende Tatsachenromane, einige humorvolle Bücher, ein Kinderbuch, Kurzgeschichten und ein Gedichtband warten dort noch auf Sie. Lesen sie doch einfach mal rein. Es kostet schließlich nichts.

https://www.amazon.de/Raimund-Eich/e/B004EBE93A/ref=sr_ntt_srch_lnk_1?qid=1506858139&sr=8-1